Burnout?

Du wirkst doch gar nicht gestört!

Meine Zeit im Narrenhaus

Inhaltsverzeichnis:

Der Entschluss	Seite 3
Die Ankunft	Seite 6
Erste Eindrücke	Seite 9
Zweite Eindrücke	Seite 11
Entspannungstherapie	Seite 12
Mein Zimmerkollege	Seite 14
Erstes Wochenende	Seite 15
Große Freiheit	Seite 16
Frühstück	Seite 19
Schiweltmeisterschaft	Seite 21
Annemaries Marmelade	Seite 22
Visite	Seite 26
Problembewältigung	Seite 28
Turnstunde	Seite 29
Eingewöhnung	Seite 31
Stress im Narrenhaus	Seite 32
Kunst-Therapie	Seite 33
Kommunikation leichtgemacht	Seite 37
Sven ist wieder da	Seite 39
Der Neue im Zimmer	Seite 40
Tischhierarchie	Seite 41
Körperwahrnehmung	Seite 43
Abendspiele	Seite 45
Musik-Therapie	Seite 46
Betriebsausflug	Seite 47
Fragebogen	Seite 49
Hellseher	Seite 50
Suche nach Aggressionen	Seite 53
Gitarre und Emotionen	Seite 56
Wochenend-Rückblick	Seite 59
Geheimnis Gehirn	Seite 61
Resümee	Seite 63

Der Entschluss

Es war kalt. Mir war kalt. Die Scheiben waren innen beschlagen und außen fast vollständig zugeschneit. Nur mehr schemenhaft konnte ich das Narrenhaus erkennen, auf dessen Parkplatz ich seit Stunden in meinem Auto gesessen hatte. Ich musste zwischendurch eingeschlafen sein, während ich das, von mir als Narrenhaus wahrgenommene, Gebäude verzweifelt sinnierend betrachtet hatte. Es war Sonntag. Mir war kalt.
Ab Donnerstag sollte dieses Gebäude für einen längeren Zeitraum mein Zuhause und mein Aufenthaltsort werden. Das empfand ich als kaum fass- und annehmbar. Meine Ärzte nannten das Narrenhaus „Psychosomatische Klinik". Ich? Gerade ich? Ich, den im bisherigen Leben nichts, aber schon gar nichts aus der Bahn werfen konnte? Ich? Ich, der Mensch, zu dem immer alle anderen gekommen waren, um bei Sorgen, Nöten und Problemen Trost und Antworten zu finden? Was sollte gerade ich in diesem Narrenhaus? Mein massives Burnout, dass ich schon Wochen und Monate wie einen viel zu schweren Rucksack, trotzdem bravourös aufrecht gehend, mit mir herumschleppte, betrachtete ich als vorübergehende Krise und momentane persönliche Schwäche. Wenn ich dann manchmal endgültig zusammenzubrechen drohte, nahm ich mir eben die wohlgemeinten Ratschläge aus meinem Umfeld zu Herzen, wonach ich mich ein „bisserl zusammenreißen" und froh

sein solle, so einen „Super-Job" zu haben. Andere seien arbeitslos. Die hätten Grund zum Jammern. Also riss ich mich ein bisserl zusammen. Sowas kann ich gut. Die Bestätigung, dass ich das gut kann, bekam ich zum Beispiel, als bereits ein schweres Burnout mit daraus resultierenden Persönlichkeitsstörungen diagnostiziert war, mit diversen einfühlsamen Aussagen aus meinem persönlichen Umfeld: „Burnout? Du wirkst doch gar nicht gestört oder so."
Eben, was sollte ich dann also im Narrenhaus?
Gut, ja, es gab schon einige kleinere Probleme und Unpässlichkeiten. Aber zumindest hygienisch hatte ich doch mein beinahe tägliches Erbrechen auf halbem Weg zum und vom Arbeitsplatz mittlerweile gut im Griff. Und das ständige Würgen und den permanenten Brechreiz konnte ich als Raucher bequem auf eben diesen Umstand schieben. Dass ich mir zu jener Zeit eine Gitarre gekauft hatte und mich damit in jeder Minute meiner Freizeit in den Keller zurückgezogen hatte, um möglichst allen Sozialkontakten auszuweichen, schuldete ich einfach meiner Musikbegeisterung. Ich empfand das eigentlich angenehm. Weniger angenehm war freilich der unvermeidliche Durchfall vor wichtigen Terminen. Aber auch diese Unannehmlichkeit hatte ich halbwegs im Griff. Zumindest habe ich nie in die Hose geschissen, soweit ich mich erinnern kann. Allerdings ist anzumerken, dass es mir gerade zu dieser Zeit hervorragend gelang, Ereignisse und Gegebenheiten im Stile eines Demenzkranken an meinem

Gehirn vorbei zu lotsen. Das war nicht immer von Vorteil. Nachdem ich widerwillig, dem Rat meines Hausarztes folgend, der Unterstützung durch eine Psychologin zugestimmt hatte, kam es im Vorfeld meiner bereits vierten Sitzung zu einem prägenden Ereignis: Ich saß im Auto vor einer Kreuzung, die Ampel stand auf Rot. Als sie auf Grün umschaltete, wusste ich plötzlich den Weg zu meiner Ärztin nicht mehr. Zum Glück war niemand hinter mir, und so blieb ich stehen, um die Adresse ins Navi einzugeben. Leider war mir gerade auch die Adresse entfallen. Ich kramte sie aus einem Stapel von Unterlagen hervor und tippte sie hastig ein. Gerade rechtzeitig, denn die Ampel sprang soeben zum zweiten Mal auf Grün um, während eine angenehme Damenstimme ertönte: „Biegen Sie rechts ab, und dann haben Sie Ihr Ziel erreicht!"

Beim anschließenden Gespräch konnte mich meine Psychologin zu meiner Einweisung in eine Psychosomatische Klinik überreden.

Nun saß ich also da. Es war Sonntag. Es war kalt. Mir war kalt. Ich beschloss, am Donnerstag tatsächlich im Narrenhaus einzuchecken.

Die Ankunft

Am Donnerstag traf ich frühmorgens rechtzeitig ein. Rechtzeitig bedeutete nach meinem damaligen Empfinden eineinhalb Stunden zu früh. Ich hatte sicherheitshalber mögliche Staus oder sonstige Aufenthalte in die Anfahrtszeit eingerechnet. Die Fahrzeit betrug schließlich fünfunddreißig Minuten.

Ich blieb noch einige Zeit im Auto sitzen. Mir war kalt. Schließlich schnappte ich meine zwei Koffer, schulterte meine Gitarre, und schlenderte über die Straße zum Eingangstor des Narrenhauses. Ich stellte fest, dass sich die Tür von beiden Seiten problemlos öffnen ließ. Allerdings sah ich auch den strategisch hervorragend platzierten Wachposten, der mit der Aufschrift „Rezeption" raffiniert getarnt war. Also steuerte ich geradewegs die „Rezeption" an. Ein mit weißem Hemd, weißer Hose und weißen Birkenstock-Clogs als Arzt verkleideter Wachposten wies mich an, mich im zweiten Stockwerk beim Stützpunkt meiner Station anzumelden. Also fuhr ich mit dem Lift nach oben und stand schließlich vor einer offenen Glastür, die seitlich in einen langen Gang mündete. Auf der gegenüberliegenden Seite des Ganges befand sich der Stützpunkt, woraus mir zwei Arme entgegen gestikulierten, vor der Glastür zu warten. Der Grund der Verzögerung war der gerade stattfindende Morgentanz meiner künftigen Mit-Insassen. Da waren knapp zwei Dutzend Menschen hintereinander auf dem Gang aufgefädelt und übten sich in annähernd synchronen, teilweise grotesken Bewegungsabläufen zu einer Art Streichel-Marsch-Musik. Direkt vor meiner Nase tanzte eine aufregend attraktive Blondine mit wallendem, langem Haar. Als sie mich erblickte, erschrak sie kurz, kam aus dem Takt, schenkte mir ein bezauberndes Lächeln und hauchte mir freundlich nickend ein „Guten Morgen" entgegen. Ich dachte mir noch, „was macht denn die hier", und schon hatte ich mich Hals über Kopf in sie verliebt, da ich ohnehin in einem emotionalen Ausnahmezustand war. Zufällig war auch noch Valentinstag, was auf mein Empfinden verstärkt gewirkt haben mochte. Wenige Wochen später gestand sie mir, in dieser Situation ebenso empfunden zu haben.

Nach dem Tanz wurde gefrühstückt. Ich und vor allem meine Gitarre wurden freudig begrüßt, und man bat mich, doch gleich am Frühstückstisch Platz zu nehmen. Auf meine Frage, wo ich mich denn hinsetzen dürfe, hörte ich nur „ganz egal", „wo du möchtest", „such dir einen Platz aus" und ähnliches. Also nahm ich neben der freundlichen Blondine Platz, nachdem der Sessel neben ihr frei war. Totenstille. Man konnte eine Serviette, die einer eben noch freundlichen, doch jetzt vor Schreck erstarrten Mittvierzigerin aus der Hand gefallen war, auf dem Tisch aufschlagen hören. Ich versuchte vorsichtig, die Zeit zurückzudrehen, erhob mich mit unverständlichem Gemurmel und versuchte mein Glück am hintersten Ende des Tisches neben der Terrassentür. Ja! Plötzlich war alles wieder eitel Wonne, jeder wollte sein Frühstück mit mir teilen, ich wurde mit Kaffee, Marmelade und Kuchen geradezu überschüttet. Ich fasste meinen Mut zusammen und erkundigte mich bei der jetzt wieder freundlichen Mittvierzigerin nach meinem Fehler. Die Antwort war kurz und bündig: „Dort sitzt die Karin!" Ich beschloss, ein Tagebuch zu schreiben.

Erste Eindrücke

Das Mittagessen wird in einem großen Blechcontainer in den Aufenthalts- und Speiseraum geschoben. Jedes Tablett hat ein Namensschild, und auf dem Tablett stehen Suppe, Haupt- und Nachspeise in Kunststofftellern und Plastikschälchen.
Martha holt sich ihr Tablett und stellt es vor sich hin. Nach kurzem Überlegen steht sie auf, holt sich aus ihrem Zimmer eine Jacke und geht auf den Balkon rauchen. Dann setzt sie sich mit der Jacke zu ihrem Tablett, betrachtet es und weint. Nach einigen Minuten steht sie auf und geht auf ihr Zimmer. Sie hat offensichtlich keinen Hunger.
Am Nebentisch sitzen Christoph und Sven und genießen ihr Mittagsmahl. Sven trägt ein Leibchen, darüber einen Norwegerpullover und eine Daunenjacke. Christoph trägt ein ärmelloses Unterleibchen. Offensichtlich empfindet nicht jeder eine Temperatur von etwa zweiundzwanzig Grad gleich.
Als Sven den Raum verlässt, gehen die Diskussionen weiter, die schon den ganzen Vormittag angedauert haben. Was soll man Sven zum Abschied schenken? Er fährt morgen nach fünfwöchiger erfolgloser Burnout-Behandlung für drei Wochen nach Hause und kommt dann für weitere acht Wochen, da er die Therapie wieder von vorne beginnen muss, weil die Ärzte mittlerweile ein Borderline-Syndrom diagnostiziert haben. Was soll man also Sven schenken?

Da allgemein bekannt ist, dass Sven gerne Shaolin-Bücher liest, verwirft man den ursprünglichen Gedanken an einen Blumenstrauß und einigt sich nach endlosem Hin und Her auf eine Schachtel Marlboro und ein Feuerzeug mit einem Glücksengel drauf. Nur, wer soll es bis zum Abend – vor allem wo - besorgen?

Abends findet schließlich das große Abschiedsfest für Sven statt. Er weint schon den ganzen Tag und hat jetzt zusätzlich noch eine warme Kappe auf. Unter Schluchzen und innigen Umarmungen werden die Geschenke überreicht. Eine Schachtel Marlboro, drei Feuerzeuge, ein Säckchen mit Luftballons und darüber hinaus Pralinen. Sven ist zutiefst berührt und gerührt. Bei der Übergabe des geschmackvoll verpackten Luftballon-Säckchens wird ein lustiges Spiel gespielt, wobei unter Vortrag eines Gedichts immer abwechselnd eine Frau dem Herrn mit beispielsweise der größten Nase das Päckchen übergeben muss, und dieser es dann beispielsweise der Frau mit der schönsten Frisur, usw., bis das Päckchen nach einer kurzweiligen halben Stunde schlussendlich wieder bei Sven angelangt ist. Ein Spiel mit außerordentlich hohem Unterhaltungswert, und ich finde es wirklich schade, dass es mein erster Tag ist und ich doch eine eher leicht depressive Stimmung mitgebracht habe, sodass ich diese Situation nicht in vollen Zügen genießen kann.

Zweite Eindrücke

Am nächsten Tag hab ich es schon ein bisschen stressiger, da ist es gleich nicht mehr so fad:

07:30 - 07:45: Morgenrunde (Gruppengespräch)

Frühstück
(Ich kenne mittlerweile meinen Platz im Hintergrund)

08:30 - 08:45: EKG
08:45 - 09:45: Basisgruppentherapie
10:00 - 10:30: Einzelgespräch mit persönlichem Betreuer
10:30 - 12:00: Bewegungstherapie im Turnsaal

Mittagessen
(Mein Platz ist ein Fix-Platz und gilt ganztags)

14:30 - 15:00: Stationsgruppe mit wöchentlicher
　　　　　　　 Aufgabenzuteilung
　　　　　　　　(Aschenbecher leeren, Therapieräume lüften,
　　　　　　　　 Geschirrspüler ausräumen, Tischreinigung ...)
15:15 - 16:15: Entspannungstherapie

Abendessen
(Nach dem Abendessen ist freie Platzwahl)

Entspannungstherapie

Vorweg sei erklärt, dass ein nicht unwesentlicher Grund meines Aufenthalts in dieser Anstalt meine in den letzten Jahren sich ständig steigernde, selbstgewählte Isolation und Einsamkeit ist. Ich habe den Großteil meiner Freizeit allein in meinem gemütlichen Keller verbracht, habe dort Musik gehört und irgendwann selbst Musik gemacht. Ich bin mangels geeigneter Gesprächspartner, mit welchen ich mich auf Augenhöhe über gemeinsame Interessen unterhalten hätte können, letztendlich nur mehr mit mir selbst glücklich gewesen und dabei völlig vereinsamt.

Heute habe ich bei der Entspannungstherapie ein für mich vollkommen neues Körpergefühl entdecken dürfen. Es war eine sehr schöne, neue Erfahrung, wie intensiv man den Unterschied zwischen Spannung und Entspannung in jedem Körperteil bis hin zu den einzelnen Muskelpartien spüren kann. Ich habe dieses Gefühl zuvor nicht gekannt und war sehr überrascht, wie man im Zustand der völligen Entspannung sein eigenes Körpergewicht auf dem Boden spüren kann. Die allgemeine Entspannung im Raum war intensiv spürbar. Selbst Gerhards intensives, lautes Schnarchen tat dem keinen wesentlichen Abbruch, da es schön gleichmäßig kam.

Das war alles in allem sehr beruhigend und entspannend für mich, abgesehen von einer kleinen Irritation gleich zu Beginn der Therapiestunde. Am Anfang wurden wir aufgefordert, um ein möglichst hohes Maß an Entspannung zu finden, an einen schönen Ort zu denken, an dem man sich wohlfühlen kann. Mir ist spontan mein Keller eingefallen. Offensichtlich muss ich noch etwas an mir arbeiten.

Mein Zimmerkollege

Mein Zimmerkollege ist ein äußerst angenehmer und netter Mensch. Er hat Krebs und ist in Schmerztherapie. Sein Name ist Senad. Er ist gebürtiger Bosnier und streng gläubiger Moslem, zumindest legt er seit Ausbruch seiner Krankheit großen Wert auf das Sprechen seiner täglichen fünf Gebete. Er hat mich gefragt, ob es mich stören würde, wenn er seine Gebete, so wie bisher, im Zimmer spreche. Ansonsten würde er dazu einen freien Therapieraum aufsuchen, aber er bete ohnehin lautlos.

Ich habe ihm gesagt, dass mich das nicht stören würde und habe ihn manchmal dabei beobachtet. Die Gebete sind unterschiedlich lang, zwischen zehn und zwanzig Minuten, und beginnen stehend. Dann geht er in die Hocke, in die Knie, und zum Schluss küsst er den Teppich, in diesem Fall eine Turnmatte und ein Badetuch. Heute dauert es schon ungewöhnlich lang und ich kann von hinten erkennen, dass er seine offensichtlich gefalteten Hände unkontrolliert bewegt. Einerseits werde ich langsam neugierig, und andererseits muss ich schon dringend auf die Toilette. Als ich an ihm vorübergehe, sehe ich den Grund für seine unkontrollierten Handbewegungen. Er kniet auf seinem Teppich, hält sein Handy umklammert und tippt mühsam ein SMS, an wen, weiß nur Allah.

Erstes Wochenende

Wenn man vom Leben durch verschiedene Umstände in eine neue Lebenssituation gestellt wird, trifft man naturgemäß auf sehr viele Menschen, die einem unbekannt sind. Ich habe die Eigenschaft, dabei eine gewisse Scheu an den Tag zu legen und beginne instinktiv, die neuen Menschen vorsichtig zu beschnuppern und vorab grob nach grundsätzlicher Sympathie einzuordnen. Mit manchen versuche ich dann behutsam und unverbindlich ins Gespräch zu kommen. Bei anderen spüre ich auf Anhieb, dass wir keine gemeinsame Basis finden werden, und sortiere sie gleich einmal aus.

Heute ist Samstag, das Wochenende beginnt, und alle haben die Möglichkeit, bis Sonntagabend nach Hause zu fahren. Fast alle. Neuankömmlinge wie ich und weitere drei Personen müssen das erste Wochenende in der Klinik verbringen.

Leider habe ich die drei anderen Betroffenen gleich vorweg als mögliche Gesprächspartner aussortieren müssen. Das Wochenende dürfte nicht übermäßig kommunikativ werden.

Große Freiheit

Ein ganz wesentlicher Faktor und Grund meines jetzigen Aufenthaltes hier in der Klinik ist die Tatsache, dass mir in meinem bisherigen Leben zuletzt aus Mangel an Freiheit und Selbstbestimmung langsam die Luft ausgegangen ist. Sowohl im Berufs- als auch im Privatleben fühlte ich mich zunehmend überwacht, kontrolliert, gegängelt und dadurch massiv eingeschränkt in meinen Bedürfnissen.

Hier habe ich nun endlich meine lang ersehnte Freiheit und Selbstbestimmung im Rahmen der gegebenen Möglichkeiten gefunden. Ich kann beispielsweise selbst bestimmen, wann es mir nötig erscheint, meine Bettwäsche zu wechseln. Ich kann frei und unkontrolliert in den Unrein-Raum gehen und dort meine - nach eigener Beurteilung - schmutzige Bettwäsche deponieren und mir anschließend aus dem Rein-Raum selbst eine mir zusagende Bettwäsche auswählen. Die Auswahl-Kriterien sind zwar nicht Farbe und Design, da alles Einheitswäsche ist, aber ich kann immerhin den Zustand beurteilen und danach auswählen. Eine grobe Richtlinie und Empfehlung geht in die Richtung, dass man sich diese Freiheit nach Möglichkeit nicht öfter als im Zwei-Wochen-Takt nehmen soll. Ähnliche Freiheiten gibt es auch auf dem Sektor Hand- und Badetücher, wobei da die Richtlinien und Empfehlungen weitaus großzügiger ausgelegt sind. Es sollte kein Problem sein, wenn man das Badetuch jede Woche erneuert, und bei den kleinen

Handtüchern steht einem sogar zu, sie bis zu zweimal pro Woche zu wechseln. Und das, wie gesagt, in zwangloser Eigenverantwortung.

Des Weiteren steht einem hier täglich eine volle Flasche Mineralwasser zur persönlichen, freien Verfügung, die nicht zu einem bestimmten Zeitpunkt ausgegeben wird, sondern die wir uns selbstbestimmt immer dann holen dürfen, wenn wir Durst haben. Wir dürfen auch selbst bestimmen, wie lange wir zum Austrinken brauchen wollen, und ab wann wir sie dann mit Leitungswasser nachfüllen wollen. Da naturgemäß jede Art von Freiheit und Selbstbestimmung seine Grenzen hat, dürfen wir natürlich nicht frei über unsere jeweiligen Medikamente verfügen. Da bekommen wir selbstverständlich Unterstützung durch entsprechende Zuteilung und Ausgabe.

Die wahre Freiheit ist jedoch die Tatsache, dass wir die Klinik jederzeit, wann immer wir wollen, für eine unbestimmte, frei wählbare Zeit verlassen dürfen. Natürlich dürfen wir dabei nicht aus den Augen verlieren, dass es, um einen optimalen Heilungsprozess gewährleisten zu können, kleine Einschränkungen gibt. Man kann selbstredend die Klinik nicht verlassen, wenn man einen Termin zur Therapie in seinem prall gefüllten Stundenplan hat. So ergibt sich automatisch, dass man untertags eher selten die Möglichkeit findet, mehr als eine halbe Stunde das Haus zu verlassen. Aber auch das hat seine Vorteile. Nachdem der Ausgang sinnvollerweise auf insgesamt drei Stunden pro

Tag beschränkt ist, wäre es ja ohnehin unklug, die gesamten Freiheits-Ressourcen tagsüber aufzubrauchen, da man sich ja sonst selbst die Möglichkeiten nimmt, abends noch mal hinauszugehen, wenn man zum Beispiel etwas einkaufen gehen möchte, wie eventuell Mineralwasser, wenn man mit dem Geschmack des angebotenen Leitungswassers nur eingeschränkt zurechtkommt.

Im Großen und Ganzen bin ich mit meiner neugewonnenen Freiheit sehr zufrieden und ignoriere jetzt einfach mal die unterschiedlichen Zugänge und Definitionen zu den Themen Freiheit und Selbstbestimmung, wie sie beispielsweise in Wikipedia oder im Duden beschrieben werden.

Frühstück

Nun habe ich mich hier schon gut eingelebt und begriffen, dass sich bestimmte Abläufe in gewisser Regelmäßigkeit ständig wiederholen.
Am Frühstückstisch neben mir sitzen Cordula und Martha. Vorgestern, gegen Ende des Frühstücks, sagte plötzlich Martha: "Cordula, du hast ja deine Butter gar nicht gegessen!" Cordula zeigte ihr ein leeres Butterschälchen, und erklärte: „Weißt du, Martha, weil die frische Butter immer so hart ist, dass ich sie nicht ordentlich aufstreichen kann, lege ich sie immer hier auf den Tisch und esse dann immer die vom Vortag, die sich dann hervorragend streichen lässt. Wegen der paar Stunden wird sie schon nicht schlecht." - Martha meinte, dass das eine hervorragende Idee sei.
Als wir am nächsten Tag wieder gemütlich beim Frühstück saßen, sagte plötzlich Martha: "Cordula, du hast ja deine Butter gar nicht gegessen!" Cordula zeigte ihr wieder ihr leeres Butterschälchen, und erklärte: „Weißt du, Martha, weil die frische Butter immer so hart ist, dass ich sie nicht ordentlich aufstreichen kann, lege ich sie immer hier auf den Tisch, und esse dann immer die vom Vortag, die sich dann hervorragend streichen lässt. Wegen der paar Stunden wird sie schon nicht schlecht." - Martha erinnerte sich und sagte, dass es ihr jetzt wieder eingefallen sei, dass sie das ja gestern schon besprochen hatten, und dass sie es

übrigens für eine großartige Idee halten würde. Somit waren alle Probleme vom Tisch und der neue Tag konnte entspannt beginnen.

Heute ist irgendwie alles anders beim Frühstück, nicht die alltägliche Routine. Es ist Wochenende, alles ist in Aufbruchsstimmung, die Taschen sind gepackt, und statt des üblichen Trainingsanzuges haben alle Straßenkleidung an, um gleich nach dem Frühstück aufzubrechen oder abgeholt zu werden. Plötzlich, wie aus heiterem Himmel: "Cordula, du hast ja deine Butter gar nicht gegessen!" Morgen früh ist Cordula noch auf Wochenendausgang. Dann werde ich mir ihre heutige Butter nehmen, weil die dann schön streichfähig sein wird, und ihr meine morgige Butter hinlegen. Die wird dann übermorgen schön streichfähig sein.

Schiweltmeisterschaft

Ich schau mir gerade im Fernsehen gemeinsam mit Bibiane den zweiten Durchgang des Slaloms an.
Wir sitzen im Therapieraum auf zwei Medizinbällen, und blicken gebannt auf den Bildschirm.

Benjamin Raich fährt eine großartige Zwischenzeit, macht dann aber einen großen Fehler.
Bibiane schreit auf und beginnt vor Kummer zu weinen.
Manfred Pranger fährt eine großartige Zwischenzeit und fädelt ein.
Bibiane schreit auf und schluchzt vor Entsetzen.
Mario Matt geht in Führung.
Bibiane freut sich und weint selig vor sich hin.
Marcel Hirscher gewinnt und holt die Goldmedaille.
Bibiane jubelt überschwänglich und schluchzt herzzerreißend vor Freude.

Ich freue mich auch, aber mir fehlt noch die eine oder andere Therapiestunde, um meine Gefühle hemmungslos herauslassen zu können.

Annemaries Marmelade

Diese Geschichte bedarf vorweg einiger Erklärungen.
Zum einen sei erklärt, dass im Aufenthaltsraum jede Menge persönlicher Lebensmittel auf dem Tisch herumstehen, zum Beispiel die angebrochene, zugeteilte Flasche Mineralwasser oder auch Restbestände vom Frühstück, wie Butter oder Marmeladeschälchen. Verderbliche Waren können auch im Gemeinschaftskühlschrank deponiert werden. Ein wichtiges Kriterium dabei ist, dass wir angehalten sind, unsere persönlichen Essensreste mit Filzstiften, welche auf dem Tisch bereitliegen, namentlich zu kennzeichnen. Die Regel besagt, dass nichtgekennzeichnete Waren den Eigentums-Status verlieren und als der Allgemeinheit geschenkt gelten. (Dass man dabei auch übertreiben kann, habe ich gestern gesehen, als ich eine der Papierservietten, die stapelweise auf dem Tisch liegen, erblickte, auf der mit riesengroßen schwarzen Buchstaben KARIN stand, aber das ist eine andere Geschichte)
Zum anderen sei erklärt, dass manche der Patienten sich nicht zum ersten Mal hier eingefunden haben, auch nicht zum zweiten Mal, bei weitem nicht. Dazu gehören beispielsweise Martha, Karin und Elke. Sie sind Stammgäste. Normalerweise buchen sie ein gemeinsames Dreibettzimmer, um ihr regelmäßig auftretendes Burnout einige Wochen gemeinsam therapieren zu lassen.

Zuletzt sei noch erklärt, dass es ein wesentlicher Bestandteil der Therapiemaßnahmen ist, dass man am ersten Dienstag jedes Aufenthaltes in der Therapiestunde „Buchbinden" ein eigenes, ganz persönliches Buch herstellen darf und muss, in dem man dann laufend seine Gedanken zu Aufenthalt und Therapie niederschreibt, um ständig seinen eigenen Therapieverlauf und seine persönlichen Fortschritte mitdokumentieren zu können. Dieses Buch ist quasi die Seele jedes Patienten.
Nun zur Geschichte:
Heute habe ich erfahren, dass in der Nacht von Mittwoch auf Donnerstag, also die Nacht bevor ich dazu gestoßen bin, ein Streit etwas eskaliert war und dass deswegen Martha zu Mittag statt zu essen geweint hatte.
Heuer waren in der Wintersaison die Dreibettzimmer schon ausgebucht, und so mussten dieses Mal Martha, Karin und Elke mit einem Vierbettzimmer vorlieb nehmen, gemeinsam mit Annemarie. Sie mögen Annemarie nicht. Kein Wunder, Annemarie provoziert. Annemarie isst keine Marmelade. Marmelade ist aber obligatorisch beim Frühstück dabei. Nun wäre es also Annemaries Aufgabe, morgens beim Frühstück zu fragen, ob vielleicht jemand ihre Marmelade haben möchte. Das unterlässt sie aber demonstrativ und provokant. Alternativ könnte sie auch ihre Marmelade namentlich kennzeichnen und im Kühlschrank verwahren. Auch das ist für Annemarie kein Thema. Annemarie stapelt die Marmeladeschälchen vor

sich auf dem Frühstückstisch, und das auch noch ungekennzeichnet. Das ist vor allem für Martha, die in ärmlichen Verhältnissen im oberen Mühlviertel aufgewachsen ist, die reine Provokation. Die gute Marmelade zuhauf auf dem Tisch verderben zu lassen. Also ersuchte sie eines Tages, als sie bemerkte, dass ihr Brot für ihre eigene Marmeladeration etwas zu groß geraten war, Annemarie um Herausgabe eines nicht gekennzeichneten Marmeladeschälchens, das ja nach Küchenrecht und Kennzeichnungspflicht längst zum Allgemeingut geworden war. Annemarie verweigerte die Herausgabe unter fadenscheinigen Ausflüchten, wonach sie für die Marmelade noch Eigenbedarf habe. Ein Fehdehandschuh, der offensichtlich mitten im Gesicht gelandet war.

Am Mittwoch zwang ein innerer Antrieb Martha zum heldenhaften Handeln. Noch bevor Annemarie auf ihrem Sessel Platz genommen hatte, befreite Martha ein dahinsiechendes Marmeladeschälchen aus der Haft und bewahrte es dadurch vor dem Vermodern. Annemarie war nicht nur provokant, sie war auch gut vorbereitet. Selbstverständlich waren die Schälchen abgezählt, und hinterhältiger Weise hatte sie ihre Marmelade zwar nicht namentlich gekennzeichnet, aber sehr wohl an der Unterseite mit einem kleinen unauffälligen Punkt markiert. Die ohnehin sofort Verdächtigte war schnell überführt.

Abends im Zimmer eskalierte die Situation völlig. Wüsten Wortgefechten folgten Wurfattacken mit Kleidungsstücken, Lip-Gloss, Haarfestiger und Wattebauschen.
Zu schlechter Letzt griff Annemarie zum Äußersten und zerriss mit bloßen Händen Marthas Seele in Buchform. Handgreiflichkeiten schienen nur mehr eine Frage der Zeit zu sein. Die herbeigeeilte Nachtschwester verlor Kontrolle, Respekt und Überblick und betätigte den Notruf. Die schon nach kurzer Zeit eintreffende Polizei sah aber dann keinen Handlungsbedarf mehr. Sie fanden alle vier beteiligten Personen friedlich schlafend vor. Annemarie im Vierbettzimmer, Martha, Karin und Elke auf dem Gang, wohin sie sich mitsamt ihren Betten geflüchtet hatten.
Die ganze Geschichte hat mich jetzt insofern etwas beruhigt, da ich mir vorher nicht erklären konnte, nachdem die Betten bei meinem Eintreffen noch immer auf dem Gang gestanden hatten, dass es am Morgen noch eine offensichtliche Überbelegung auf der Station gegeben haben musste, die sich dann bis zum Abend auflöste, obwohl niemand nach Hause gegangen war. Ich fürchtete schon Schlimmeres.

Visite

Das Wochenende ist vorbei, der Alltag hat uns wieder. Heute hatte ich schon vor dem Frühstück Blutabnahme. Nach dem Frühstück ist Visite, die in Einzelgesprächen mit Frau Doktor und Frau Psychologin abläuft. Es macht mir Spaß und es ist sehr kurzweilig, mich mit intelligenten Menschen zu unterhalten. Es ist spannend, ihre Reaktionen zu beobachten, wenn ich sie wieder einmal auf eine falsche Fährte locke. Wie sie langsam den Kugelschreiber beiseitelegen, sich ihre Mienen gleichzeitig höchst interessiert und besorgt anspannen, um dann, wenn ich dem Gespräch überraschend eine positive, pointierte Wendung gebe, sich ihre Mienen wieder beruhigt und erleichtert entspannen. Ich fühle mich zwar nicht wirklich für ihr Wohl verantwortlich, aber ich denke mir, wenn wir ohnehin gemütlich beisammensitzen, dann kann ich ihnen auch ein paar Spannungs- und Entspannungsübungen angedeihen lassen, weil ich bei der letzten Entspannungstherapie entdeckt habe, wie angenehm man sich nachher fühlt. Wenn ich ihnen das Leben mit wenig Aufwand ein bisschen angenehmer gestalten kann, fällt mir kein Stein aus der Krone. Der Versuch, ernsthaft über ein Problem zu sprechen, geht leider völlig daneben. Ich habe gebeten, meine Medikation zu überdenken, da ich unkontrollierbare Stimmungsschwankungen verspüre und sogar tagsüber auf der Straße tanzen würde, um genau deswegen wieder in Depressionen zu versinken, seit sie die Zufuhr von Antidepressiva verdoppelt haben. Die Reaktion war eine nochmalige Verdopplung der Dosis. Da ich nicht völlig die Kontrolle über mich verlieren will, landet die Verdopplung im Klo.

Problembewältigung

Der heutige Tag beginnt ohne gröbere Irritationen, ausgeglichen und ruhig. Zwar ist Cordulas leere Kürbiskernöl-Flasche verschwunden, aber sie nimmt es mit Gelassenheit und Demut. Sie hat in ihrem Leben schon Schlimmeres erlebt. Ebenso verschwunden sind zwei Scheiben Extrawurst, die Bibiane gestern im Kühlschrank deponiert hatte, ungekennzeichnet. Naja, eigene Schuld, sagten die restlichen siebzehn Augenpaare. Auch jenes Augenpaar, dessen Besitzer sich nach dem rechts- und gesetzeskonformen Verzehr der Extrawurst frei von jeglicher Schuld sieht.

Christoph bietet Bibiane Schinken an, da er heute versehentlich die doppelte Ration auf seinem Tablett erhalten hat. Bibiane lehnt dankend ab und erklärt, dass es ihr nur ums Prinzip gehe und dass sie es nicht in Ordnung finde, dass das Fenster sperrangelweit offensteht, wenn sie morgens halbnackt aus der Dusche kommt. Ihre beiden Mitbewohnerinnen erklären unisono, dass keine der beiden das Fenster geöffnet habe. Damit ist die Situation bereinigt. Da sieht man wieder, dass sich jedes Problem durch vernünftige, logische Argumente und durch „miteinander reden" aus der Welt schaffen lässt. Ein klarer Sieg für die Problembewältigungstherapie.

Turnstunde

Nachmittags steht heute wieder Bewegungstherapie auf dem Stundenplan. Anfangs bewegen wir unsere Körper im Sambarhythmus tanzend durch den Turnsaal. Das fühlt sich angenehm und entspannend an. Doch nach einigen Aufwärm- und Dehnungsübungen werden wir wieder einmal langsam an unsere Grenzen herangeführt. Die Therapeutin schleppt plötzlich eine Lang-Bank mitten in den Saal, und wir sollen sie der Länge nach freihändig überqueren. Das ist nicht für alle gleich leicht. Doch unter Zuhilfenahme der stützenden Therapeutenhand schaffen wir es schlussendlich alle, wohlbehalten am anderen Ende der Bank anzukommen. Dann jedoch wendet die Therapeutin unter schreckgeweiteten Augen einiger Patientinnen urplötzlich die Bank, sodass nunmehr der schmale, kaum 10 Zentimeter breite Balken nach oben zu liegen kommt. Es kostet einige Überzeugungskraft, so manche auf diesen Steg zu locken. Das Risiko einer Verletzung ist allgegenwärtig und kaum mehr kalkulierbar. Jeder unkontrollierte Absturz kann zu einem Oberschenkel-Halsbruch führen. Der Angstschweiß ist nicht zu überriechen. Aber auch diese Herausforderung wird letztendlich mit mehr oder weniger Bravour gemeistert. Den krönenden Abschluss bildet ein Geschicklichkeits-wettkampf, um unsere Motorik zu stärken. Wir werden in Zweierteams aufgeteilt, wobei je eines der Teammitglieder mit fünf Tischtennisbällen und der jeweils andere mit einer Art Fischernetz ausgestattet wird. Elke und ich bilden eines der Teams. Wir müssen uns gegenüber aufstellen und versuchen, die Bälle so zu werfen, dass sie der andere mit dem Netz auffangen kann. Danach sollen Netz und Bälle getauscht werden. Jetzt ist Ehrgeiz und Taktik gefragt. Ich entscheide mich taktisch für die Variante, Elke die Bälle so scharf wie nur irgend möglich, mitten ins Netz zu schießen, sodass sie aufgrund ihrer Reaktionszeit keine Chance hat, durch unkontrollierte Bewegungen einen Treffer zu verhindern. Die Taktik geht auf, fünf Volltreffer! Jetzt ist Elke an der Reihe, die Bälle zu werfen, und ich muss unsere Taktik ändern. Nun ist Antizipieren angesagt. Ich versuche an ihren Ausholbewegungen zu erkennen, wohin und wie weit ihre Bälle fliegen werden und hechte auf Verdacht in die jeweilige Richtung, bevor noch der Ball Elkes Wurf-Hand verlassen hat. Ich muss zugeben, es ist auch viel Glück dabei, aber wir sind nun das einzige Paar mit zehn Volltreffern. Elke strahlt, läuft jubelnd auf mich zu, klatscht mit mir ab, und ich kann gerade noch, durch geschicktes Fallenlassen und wieder Aufheben des Netzes, ihrer angedachten stürmischen Umarmung entgehen. Sie ist einfach nur glücklich, und quetscht die eine oder andere Freudenträne hervor. So ungefähr muss sich ein Sieg in der Champions League anfühlen.

Eingewöhnung

Ein weiterer Tag im Narrenhaus.

Morgenrunde:
Keine besonderen Vorkommnisse
Frühstück:
Keine besonderen Vorkommnisse.
Basisgruppentherapie:
Keine besonderen Vorkommnisse
Mittagessen:
Keine besonderen Vorkommnisse.
Buchbinden:
Keine besonderen Vorkommnisse.
Entspannungstherapie:
Keine besonderen Vorkommnisse.
Reflexion:
Keine besonderen Vorkommnisse.
Abendessen:
Keine besonderen Vorkommnisse.

Irgendetwas ist heute anders, entweder haben alle einen besonders guten Tag, oder ich bin endgültig bei ihnen angekommen.

Stress im Narrenhaus

07:30-07:45 Morgengespräch
07:45-08:30 Frühstück
08:30-10:30 Kunsttherapie
11:00-12:00 Fertigkeiten Training
12:00-13:00 Mittagessen
13:00-14:00 Einzeltherapiegespräch
14:00-15:00 Musiktherapie
15:30-16:00 Sozialinfo
16:00-17:00 Abendessen

Bei diesem Stundenplan bekomme ich langsam Angst, dass ich über kurz oder lang ins nächste Burnout laufe.

Kunst-Therapie

Das erste Mal Kunsttherapie. Ich hatte mich schon sehr darauf gefreut. Den Therapeuten kenne ich schon vom Buchbinden. Er hat tiefliegende Augen, buschige Brauen und einen stechenden Blick. In seinem ganzen Gehabe entspricht er perfekt dem Klischee eines Psychos. Er spricht unangenehm langsam ohne Hebungen und Senkungen, und ich habe große Mühe, seinen Ausführungen zu folgen. Er spricht gleichmäßig leiernd ohne Betonung und ohne Pausen. Der Satz „Man sollte beim Malen versuchen seine inneren Gefühle und Empfindungen auszudrücken und nachher den Pinsel auswaschen nicht vergessen." klingt monoton gemurmelt etwas eigen.

Jeder ist angehalten, eine ihn ansprechende Kunstform auszuwählen. Egal ob Töpfern, Malen, Zeichnen oder das Herstellen einer Collage durch in den Sandkasten Setzen von Bäumen, Häusern, Autos und Playmobil-Figuren, alles ist möglich und erlaubt.

Karin hatte schon vorher einen Plan gefasst. Sie wollte die Tonschale in Form einer Schnecke, die sie in der Vorwoche geformt hatte und die mittlerweile gebrannt war, außen dunkelblau und innen gelb bemalen. Unser Kunsttherapeut steht ihr mit Rat und Tat zur Seite, zeigt ihr jene Sorte von Acrylfarben, die besonders gut für das Bemalen von Ton geeignet wären und lässt als Beispiel zur weiteren Orientierung zwei Tuben davon, zufällig in hellblau und rosa, vor Karin stehen, um sich anschließend Martha zu widmen.

Gegen Ende der Therapiestunde setzen wir uns wie üblich in einem Sesselkreis zusammen, um einzeln unsere Eindrücke und Wahrnehmungen zu schildern und bekanntzugeben, ob wir mit unseren Ergebnissen zufrieden wären. Karin beteuert, dass sie mit ihrem Ergebnis sehr zufrieden ist, obwohl ihr die Schnecke bestimmt auch in Dunkelblau-Gelb, wie sie eigentlich vorgehabt habe, gefallen würde, aber sie könne auch sehr gut mit einer Schnecke leben, die außen rosa und innen hellblau ist. Martha will auch etwas mit Ton machen. Martha ist ja, wie bereits früher erwähnt, in eher ärmlichen Verhältnissen im oberen Mühlviertel aufgewachsen. Es ist ihr ein besonderes Anliegen, nichts zu verschwenden, und sie neigt dazu, auch der Kunst ihre praktische Seite abzugewinnen. Da Martha eine starke Raucherin ist, beschließt sie, ihren inneren Gefühlen und Wahrnehmungen dahingehend Ausdruck zu verleihen, indem sie einen Aschenbecher zu formen versucht. Wenn man zum ersten Mal mit dem Material Ton konfrontiert ist, kann es vorkommen, dass man sich etwas in der Menge verschätzt. Marthas Aschenbecher gerät beim ersten Versuch um die Spur zu dickwandig. Als sie ihr vorläufiges Ergebnis betrachtet, erkennt sie rasch, dass ein Aschenbecher, der nur Platz für maximal zwei Zigarettenreste bieten würde, für einen starken Raucher nicht sehr alltagstauglich sein würde. Also beschließt sie, den Aschenbecher etwas dünnwandiger zu gestalten, was sich naturgemäß massiv auf seine Größe auszuwirken beginnt. Martha ist flexibel. Beim abschließenden Gespräch erklärt sie, dass sie sehr zufrieden mit ihrer Obstschüssel sei, weil sie gute Verwendung dafür habe, nachdem ihre Enkel sehr gerne Obst essen würden. Außerdem erklärt sie, dass sie sehr froh sei, dass ihre Enkel so brav Obst essen und dass ihre Obstbäume nicht umsonst gepflanzt worden seien.

Bibiane hat ein Bild gemalt. Das Bild ist sehr bunt, nicht nur auf die Farbe bezogen. Bibiane hat fünf Augen, zwei Hände, einen Mond und zwei Sterne gemalt. Ich verstehe nicht so viel von Kunst und vom Deuten der Gefühle aufgrund von Darstellungen, aber der Kunsttherapeut macht sich jetzt einige Notizen.

Ich fasse spontan den Entschluss, ein Landschaftsbild zu malen, und zwar den Ausblick von meiner Terrasse mit untergehender Sonne. Also nehme ich ein großes Zeichenblatt, befestige es auf der Staffelei, und beginne, nachzudenken, wie ich an die Aufgabe herangehen soll. Ich beschließe, mir das Blatt vorerst einmal mit Bleistift grob einzuteilen. Ich versuche, die ganze Landschaft in mir entstehen zu lassen und beginne, die einzelnen Hügelketten zu skizzieren. Um mir eine bessere Orientierung zu verschaffen, setze ich damit fort, auch Wälder, Baumgruppen und Ortschaften grob zu skizzieren, um schließlich noch Straßen, die Sonne und andere markante Punkte hinzuzufügen. Nach dem Vorzeichnen einiger für meine Vorstellung noch wichtiger Details, will ich zu malen beginnen. Als ich auf die Uhr blicke, merke ich, dass ich mich wohl etwas verzettelt habe. Die Therapiestunde ist zu Ende. Ich mache das meiner Ansicht nach Beste aus der Situation und erkläre beim abschließenden Gespräch, dass es mir heute unglaublich viel Freude bereitet habe, eine Bleistiftzeichnung von meinem Terrassenausblick zu Papier zu bringen und dass ich mich schon auf die nächste Therapiestunde freue, weil ich in mir spüren würde, dass ich auch einmal etwas mit Farbe machen möchte.

Kerstin ist künstlerisch sehr begabt. Sie formt aus Ton eine Echse. Die Echse sieht beeindruckend lebensecht aus, bis ins kleinste Detail, wie Hautflügel, Krallen bis hin zu den ausdrucksvollen Augen. Wir bemitleiden sie, weil ihr offensichtlich die künstlerische Freiheit verlorengegangen ist, und sie wahrscheinlich aus inneren Zwängen heraus alles so realistisch wie möglich darstellen muss. Naja, sie ist eben auch nicht umsonst hier.

Kommunikation leichtgemacht

Therapieinhalt ist heute das Thema Kommunikation.
Lang und breit wird uns auf vier verschiedenen Ebenen kommuniziert, dass Kommunikation auf vier verschiedenen Ebenen stattfindet, nämlich auf der Sach-Ebene, der Beziehungs-Ebene, der Apell-Ebene und der Selbstoffenbarungs-Ebene. Naja, meinetwegen, das soll mich nicht weiter stören.
Problematisch wird es erst, als erklärt wird, was alles wichtig für eine gelungene Kommunikation sei und worauf man besonders achten solle.

Nämlich:

Auf das Verständnis des anderen,
auf das Eingehen auf Bedürfnisse des anderen,
auf das Eingehen auf eigene Bedürfnisse,
auf die Wertigkeit des Themas,
auf die Art, wie man es sagen soll,
auf die allgemeine Stimmung des anderen,
auf die allgemeine eigene Stimmung,
auf das gegenseitige Vertrauen,
auf die Wertfreiheit des Themas,
auf das Weglassen von Vorwürfen,
auf das richtige Hinterfragen zum Thema,
auf das Anbieten von Lösungsmöglichkeiten,

auf das Ausredenlassen,
auf den richtigen Zeitpunkt,
auf den richtigen Ort,
auf das richtige Zuhören,
auf das achtsam Sein dem anderen gegenüber,
auf gegenseitige Wertschätzung,
auf gegenseitigen Respekt,
auf die richtige Körperhaltung,
auf die erforderliche Rücksichtnahme,
auf den entsprechenden Mut,
auf sein Selbstwertgefühl,
auf seine Gelassenheit,
auf die nötige Kraft,
auf eine gezielte Vorbereitung,
auf das Denken vor dem Reden,
auf Ehrlichkeit,
auf Offenheit,
auf die richtige Tonlage,
auf die richtige Lautstärke,
auf deutliches und klares Ausdrücken
und auf den Blickkontakt.

Ich werde in Zukunft beim Thema Kommunikation sehr darauf achten, alle Punkte korrekt einzuhalten, obwohl ich fürchte, dass der Gesamtumfang meiner Kommunikation möglicherweise etwas darunter leiden wird. Der Tag hat nun mal nur 24 Stunden.

Sven ist wieder da

Allerdings einen Stock tiefer bei den Borderlinern und Magersüchtigen. Er kommt aber regelmäßig zu seinen „Freunden fürs Leben" herauf. Das müssen wohl wir sein. Möglicherweise ist seine Abschiedsfeier doch etwas zu emotional ausgefallen.

Der Neue im Zimmer

Heute ist Anreisetag und Patientenwechsel. Senad und ich haben einen neuen Mitbewohner bekommen. Er scheint mir irgendwie grenzsympathisch zu sein. Ich bin ehrlich gesagt etwas irritiert über seine ersten drei Fragen. Offenbar hat jeder Mensch andere Grundbedürfnisse. Das waren seine ersten drei Fragen und gleichzeitig die ersten Worte, die wir jemals gewechselt haben:

„Wann und wo gibt es eigentlich Mittagessen?"

„Gehört der geile Hase mit den langen, blonden Haaren auch zu uns?"

„Wie ist das eigentlich bei dir mit Antidepressiva und dem Orgasmus, bei mir geht da gar nichts, aber ich habe es vorhin eh gleich der Ärztin gesagt, sag schon, wie ist das bei dir, kriegst du einen Orgasmus?"

Ich habe ihm gesagt, dass es Mittagessen ca. ab 12:00 Uhr im Aufenthaltsraum gibt und dass man seine Bettwäsche und Handtücher selbstständig wechseln muss.

Kerstin hat heute wieder einmal ihren weißen Pulli und ihre weißen Jeans an. Sie wirkt etwas irritiert und pikiert. Sie versteht auch nicht, warum ich grinse, als sie mir anvertraut, dass ihr der Neue in der Küche einfach so erzählt hatte, dass er wegen seines Antidepressivums keinen Orgasmus kriege und ob sie da Abhilfe wisse.

Tischhierarchie

Hannelore ist heute nach Hause gegangen, und so wurde im Speise- und Aufenthaltsraum ein Platz am Tisch der Alteingesessenen frei. Ich war schon den ganzen Tag über nervös und angespannt. Endlich, vor dem Abendessen, kommt der erlösende Moment. Michaela fragt mich, ob ich mich nicht neben sie setzen möchte. Erfreut nehme ich das Angebot an und setze mich auf den zentral gelegenen, privilegierten Stuhl. Ich bin stolz. Ich bin in der Hierarchie aufgerückt, und gehöre jetzt zum harten Kern der Gruppe. Günther, der Neue mit dem Orgasmus-Problem, muss ab jetzt mit meinem alten Platz neben der Terrassentür vorlieb nehmen. Er sitzt jetzt ständig im Zug, weil permanent irgendwer auf die Terrasse rauchen geht oder eben von dort zurückkommt. Aber da muss er jetzt durch. Ich habe mich auch erst hochdienen müssen.
Jede Beförderung hat ihren Preis. Auf meinem neuen Platz an der Sonne stapeln sich mittlerweile die missbräuchlich als Stammbuch verwendeten, selbstgemachten Therapiebücher, in welche ich Sprüche und meine Kontaktdaten hineinschreiben soll, um für die rechtzeitige Planung weiterer gemeinsamer Therapieaufenthalte, Kuren, Urlaube, etc. erreichbar zu sein. Ich verzichte auf das Bekanntgeben meiner Kontaktdaten und gebe als Kompromiss jedem mein Ehrenwort, dass ich mich auf jeden Fall rechtzeitig melden werde, sobald ich ein

neuerliches Burnout nahen spüre. Diejenigen, die zumindest auf einem Sinnspruch beharren, haben jetzt folgenden originellen Spruch in ihrem Büchlein stehen: „Wenn du glaubst, es geht nicht mehr, kommt von irgendwo ein Lichtlein her!" Sie bedanken sich trotzdem überschwänglich, und finden, dass das immer wieder ein schöner, passender Spruch sei.

Körperwahrnehmung

Heute haben wir wieder Bewegungstherapie, bzw. Körperwahrnehmung im Turnsaal.
Das Thema der heutigen Übungen ist der Abbau von Berührungsängsten. Nach dem üblichen Aufwärmen bei Musik und Tanz wurden wir angehalten, Paare zu bilden, und uns paarweise jeweils zwei Hocker zu holen, um sie nebeneinander aufzustellen. Nun sollen wir hintereinander auf den Hockern Platz nehmen und, um unsere Berührungsängste abzubauen, der hinten Sitzende dem jeweils davor Sitzenden den Rücken massieren. Der zu Massierende soll dem Massierenden detaillierte Anweisungen geben, wie er massiert werden möchte, an welchen Stellen und mit wie viel Druck die Massage ausgeführt werden soll, um ein möglichst hohes Ausmaß an angenehmen Gefühlen zu erreichen. Anschließend sollen die Rollen getauscht werden.
Der mir zugeteilte Partner ist Bettina. Bettina ist Mitte dreißig, ist überaus hübsch und hat einen gertenschlanken, knackigen Körper. Es gelingt mir überraschend schnell, das Therapieziel, nämlich den Abbau von Berührungsängsten, zu erreichen.
Es ist jetzt reine Spekulation, aber ich werde den Verdacht nicht los, dass ich möglicherweise das Therapieziel vielleicht nicht ganz so schnell erreicht hätte, wenn beispielsweise Bibiane mein zugeteilter Partner gewesen wäre. Bibiane ist

Mitte siebzig, ihr Gesicht lässt darauf schließen, dass ihr Leben nicht immer sorgenfrei abgelaufen ist. Zudem hat Bibiane im Laufe ihres Daseins eine erhebliche Menge an Leibesfülle angehäuft, die rundherum etwas unkontrolliert und schlaff an ihr herabhängt. Wie gesagt, ist es reine Spekulation, aber ich kann mich des Eindrucks nicht erwehren, dass das möglicherweise für meinen Abbau von Berührungsängsten doch etwas kontraproduktiv gewesen wäre.

Abendspiele

Manchmal spielen wir abends im Aufenthaltsraum noch Gesellschafts- und Geschicklichkeitsspiele.
Nach einer für mich vorerst nur schwer nachvollziehbaren Vorqualifikation werden eine Domino-Gruppe und eine Activity-Gruppe gebildet. Nach einer ersten Runde Activity keimt in mir der Verdacht, dass so manche Activity-Spieler für die Domino-Gruppe einfach zu nervös sein könnten.
Bei der darauffolgenden Runde Jenga habe ich doch entscheidende Vorteile, da meine Hände auch unter massiver Belastung nur unwesentlich zu zittern beginnen.
Bei Scrabble kann ich dann, für mich völlig überraschend, meinen Wortschatz doch um einiges erweitern.
Beispielsweise war mir das Wort „auten" in dieser Schreibweise noch nicht bekannt. Auch das Wort „Meersex" habe ich bisher eigentlich noch nie so gehört oder gelesen. Einige von uns haben im Laufe des Spieles übrigens festgestellt, dass das Bilden von Wörtern doch wesentlich einfacher funktioniert, wenn man heimliche Tauschgeschäfte mit Buchstaben macht. Das Fertigkeiten-Training macht sich jetzt langsam bezahlt. Ich denke, Senad, Silvia und ich waren beim Fertigkeiten-Training besonders aufmerksam.

Musiktherapie

Heute bin ich zum ersten Mal in den Genuss einer Musiktherapie gekommen. Ich habe dabei gelernt, dass Rhythmus offensichtlich ein sehr dehnbarer Begriff ist. Soeben haben wir zu fünft ein zehnminütiges Musikstück gemeinsam dargebracht. Martha saß an der Pauke, Kerstin schlug eine Urwaldtrommel, Karin trommelte auf einer Art Schuhschachtel aus Holz mit mehreren Öffnungen, Bibiane schlug auf ein Holz-Xylophon ein und ich malträtierte ein Blech-Xylophon.

Wenn man den Bogen sehr weit spannt, entstand durchaus ein gewisses Ausmaß an Rhythmus. Wichtiger als der Gleichklang ist ja ohnehin immer der Zusammenklang, und es lässt sich nicht verleugnen, dass wir zumindest zugleich begonnen haben und nach dem erlösenden Gongschlag des Musiktherapeuten auch zugleich zu Ende gekommen sind. Ich würde es als Teilerfolg bewerten.

Betriebsausflug

Da wir alle selbstständige, mündige und freie Staatsbürger sind, haben wir beschlossen, eine Art Betriebsausflug ins nahegelegene Kaffeehaus zu unternehmen. Zu zehnt zogen wir los und fielen in einem nahen Bäckerei-Cafe ein. Es stellte sich rasch heraus, dass wir alle in Freiheit mehr zu sagen haben als in Gefangenschaft und dass wir es auch gerne lauter sagen. Und durcheinander. Ich kann mich jetzt zwar nicht genau an Themen und Inhalte unseres Gedankenaustauschs erinnern, aber da wir nur drei Männer, jedoch sieben Frauen waren, glaube ich mich zu erinnern, dass vornehmlich über diverse Tupper-, Dessous- und Vibratoren-Partys diskutiert wurde, und das in vielleicht sogar geringfügig übertriebener Lautstärke. Das fiel auch der Kellnerin auf und sie ist froh, als wir endlich bezahlen und aufbrechen wollen.

Als Sven an der Reihe ist, seine Rechnung zu begleichen, erklärt er, dass er noch ein Croissant zu bezahlen hat. Die aufmerksame Kellnerin merkt an, dass er auch ein Cola getrunken habe. Sven antwortet wahrheitsgemäß, dass sein Cola Elke bezahlt hat.

Die aufmerksame Kellnerin meint, dass sie noch in Erinnerung habe, dass Elke nur ein Cola bezahlt, aber doch auch selbst eines konsumiert habe. Sogleich fällt ihr Michaela ins Wort und erinnert sie, dass sie das Cola von Elke bezahlt hat. Fast gleichzeitig erklärt Silvia, dass sie jetzt

gerne Svens Croissant bezahlen möchte. Ich blicke der Kellnerin in die Augen und entdecke Verzweiflung, Hilflosigkeit und ein gewisses Maß an Unverständnis.
Da ich in meinen Therapiestunden immer sehr aufmerksam bin und mich spontan daran erinnern konnte, dass ein wesentlicher Faktor einer gelungenen Kommunikation eine unmissverständliche Erklärung sein sollte, informiere ich die Kellnerin mit den Worten: „Wissen Sie, wir sind alle von der Psycho". Sie merkt an, dass sie das schon vermutet habe, und ist offensichtlich etwas beruhigt und stolz auf ihre Menschenkenntnis und Wahrnehmungsfähigkeit.

Fragebogen

Heute habe ich zum gefühlten hundertsten Mal den im Prinzip gleichen Fragebogen auszufüllen gehabt. Wie immer war eine der Fragen, was ich an meiner Krankheit verändern möchte.
Habe zum gefühlten hundertsten Mal geschrieben, dass ich meine Krankheit nicht verändern möchte, sondern dass ich an ihrer Stelle gerne meine Gesundheit wieder hätte.
Vielleicht sollte ich einmal eine andere Antwort versuchen. Auf die Frage, was ich vordringlich bei diesem Aufenthalt erreichen möchte, was also meine wichtigsten Therapieziele wären, antwortete ich zum gefühlten hundertsten Mal, dass ich meine, durch die Krankheit verlorengegangene Entscheidungsfähigkeit wiederfinden möchte. Dass ich wieder lernen möchte, klare und eindeutige Entscheidungen zu treffen und dahinter zu stehen.
Mein für acht Wochen geplanter Aufenthalt wurde dann übrigens klinikseitig nach fünf Wochen abgebrochen. Als Begründung wurde mir genannt, dass ich erst in meinem Leben einige klare und eindeutige Entscheidungen treffen sollte, und anschließend die achtwöchige Therapie wiederholen sollte. Auf meine, meiner Meinung nach, durchaus berechtigte Frage, ob sie alle miteinander ein bisserl deppert wären, erhielt ich leider keine schlüssige und akzeptable Antwort.

Hellseher

Die Ausbildung zum Psychotherapeuten ist ein langer, steiniger Weg. Neben den Unmengen von allgemeingültigen Banalitäten und Binsenweisheiten, welche man sich mühsam unter Zuhilfenahme von Lehrbüchern zur eigenen Meinung machen muss, sollte man als Plan B, falls diese Weisheiten bei etwas komplizierter gestrickten Seelen nicht immer ganz ausreichen sollten, die Fähigkeit im Köcher haben, auf verschiedene Patienten auch individuell eingehen zu können. Dazu gehört neben einem gerüttelten Maß an Menschenkenntnis vor allem auch eine ausgezeichnete Beobachtungsgabe, um Menschen - sozusagen aus dem Augenwinkel heraus - ein- und abschätzen zu können und sich dadurch ihren individuellen, der Öffentlichkeit verborgenen Problemen widmen zu können.
Speziell in den ersten Tagen war ich von diesen Fähigkeiten beeindruckt, überrascht und teilweise sogar verwirrt.
Haben diese Menschen hellseherische Fähigkeiten? Die Therapeuten wussten über einige Einzelheiten meiner Probleme Bescheid, ohne dass ich jemals konkret mit ihnen darüber gesprochen hatte oder ich hatte es eben vergessen. Ich war verunsichert. Sollte mir die Medikamentenzufuhr das Gehirn derart verwässert haben, dass ich mich tatsächlich nicht mehr erinnern konnte, wann und wem ich was erzählt hatte?

Nach einigen Tagen wurde meine Bewunderung und Verwirrung durch einen simplen technischen Defekt deutlich reduziert.

Da vor allem bei Burnout-Patienten auf Grund des doch recht umfangreichen Stundenplans eine entsprechende Müdigkeit ständiger Begleiter ist, und wir daher häufig in den kurzen Pausen in unseren Zimmern einnicken, müssen wir dann und wann geweckt werden. Da das Personal natürlich nicht ständig von Zimmer zu Zimmer laufen kann, um uns zur nächsten Therapiestunde zusammen zu trommeln, sind neben den Waschräumen und WC-Anlagen auch die einzelnen Zimmer mit entsprechenden Lautsprechern bestückt, mittels derer wir zum nächsten Termin versammelt werden können. Eines Tages kündigte sich in unserem Zimmer durch verstärktes Knacken und Knarren ein Defekt im Lautsprecher an. Zuletzt konnte man vor lauter Krachen und Knacken kein Wort mehr verstehen. Die Durchsagen klangen, als ob man in der Abflughalle eines Flughafens oder im Warteraum einer Krankenhausambulanz sitzen würde. Schon Stunden später kam der Haustechniker, um den defekten Lautsprecher auszutauschen und nahm anschließend gleich einen Test vor. Er sagte in den Lautsprecher: „Versuchen Sie es jetzt." Sofort ertönte die angenehme Stimme vom Stützpunkt: „Test, Sprechtest, geht's wieder?" Die Stimme kam wieder klar und deutlich. Alles war wieder gut. Fast alles! Wie mir aufgefallen war, hatte der Techniker durch den

Lautsprecher gesprochen, ohne einen Knopf zu betätigen. Als er weg war, demontierte ich den Lautsprecher und klemmte das versteckte Mikrofon ab. Die Hellseherei nahm deutlich ab. Nachträglich betrachtet war es wahrscheinlich ein großer Fehler von mir, denn schließlich hatte ich ja die Nabelschnur zu meiner Seele durchschnitten und damit einen besseren Therapieerfolg verhindert. Das Thema wurde weder von Ärzten noch von Therapeuten jemals angesprochen. Offensichtlich ist das geheime Abhören von Privatgesprächen rechtlich doch nicht so ganz abgesichert.

Suche nach Aggressionen

Bei meinem Lieblings-Therapeuten, dem starrenden, betonungslos leiernden Buchbinder und Kunst-Therapeuten mit dem buschigen Augenhaar habe ich meine Einzeltherapie-Gespräche. Den Großteil der Zeit sitzen wir uns gegenüber und starren uns an. Da ich einerseits selten gewillt bin, ein Gespräch zu eröffnen, und überdies ein äußerst geduldiger Mensch bin, kann das für den Therapeuten schon dann und wann unangenehm werden. Offensichtlich will er testen, wie lange ich mit so einer Situation umgehen kann. Da unsere Sitzungen nur eineinhalb Stunden dauern, und er ja nachher doch einen Bericht schreiben soll, wird er meist nach etwa einer halben Stunde merklich nervöser. Dann fängt er an, an seiner Cord-Hose herum zu nesteln und sein Blick schwenkt immer öfter nach rechts oben ab, als würde er dort einen Anhaltspunkt suchen.

Sein Auftrag und Ziel ist es, wie ich zu erahnen glaube, mir meine verlorengegangene Grund-Aggressivität zurückzugeben und Gefühle wie Wut und Hass in mir zu wecken, um mich künftig wieder besser zur Wehr setzen zu können. Seine Möglichkeiten sehe ich als eher beschränkt an.

Da ich ihm auf seine wiederholte Frage, was mich wütend mache, keine ihn befriedigenden Antworten geben kann, versucht er mir, mit Beispielen zu helfen. Ich bin schon gespannt, was er mit dem Blatt Papier und dem gelben

Farbstift, den er vor sich hingelegt hat, vorhat. Ich denke, er sucht verzweifelt nach einer Überleitung, um diese Werkzeuge einsetzen zu können.

Plötzlich fragt er wie aus der Pistole geschossen, was ich eigentlich empfinden würde, wenn ich schon eine halbe Stunde einen Parkplatz gesucht hätte, und nun einen gefunden hätte, einparken möchte, und im letzten Augenblick jemand heranrasen und mir den Parkplatz wegnehmen würde. „Mitleid" ist meine Antwort. Das wirft sein Konzept um und nach kurzem Hosen-Nesteln und Blick-nach-oben-Schweifen will er das näher erklärt haben. Ich erkläre ihm, dass ich einen Menschen, der so gehetzt ist, dass er für einen freien Parkplatz sogar einen Unfall in Kauf nehmen würde, nur zutiefst bemitleiden könne und dass ich, falls ich in Eile gewesen wäre, wohl meinen Termin ohnehin nach einer halben Stunde Parkplatzsuche längst versäumt hätte und es auf einige weitere Minuten auch nicht mehr ankäme. Er meint dass in so einem Fall die Gefühle Wut oder Enttäuschung eher angebracht gewesen seien. Wir brauchen einen neuen Ansatzpunkt. Endlich schiebt er mir Zettel und gelben Farbstift herüber und fordert mich auf, meine Enttäuschung, und vor allem die Tiefe meiner Enttäuschung, falls ich Lotto gespielt hätte, und bei der Ziehung kämen die falschen Zahlen, aufzuzeichnen. Ich sage, dass ich nicht im Geringsten enttäuscht wäre, wenn ich im Lotto nicht gewinnen würde, und dass ich deshalb auch nichts zu zeichnen hätte.

Er spielt die nächste Karte aus, indem er mir erklärt, dass ich in diesem Fall, wo ich den Schein ja schon gekauft habe, schließlich Geld verloren hätte, und das könnte mir doch wohl nicht egal sein. Ich erkläre ihm, dass ich keineswegs Geld verloren hätte, sondern dass ich mir um den Einsatz die Möglichkeit gekauft hätte, einige Stunden von Reichtum zu träumen, dass solche Träume angenehm seien, dass ich aber weder wütend, enttäuscht oder traurig sein würde, wenn sich mal ein Traum nicht erfüllt. Ich hätte mir einfach eine Portion Vorfreude gekauft, und mir würde der Advent auch dann gefallen, wenn überraschend Weihnachten abgesagt würde, weil der Advent ja trotzdem schön gewesen wäre. Wir kommen nicht so recht vorwärts. Schließlich geht er All-In. Er fragt, was ich empfinden, und wie ich reagieren würde, falls er jetzt aufstehen und mir mit der Faust ins Gesicht schlagen würde. Ich erkläre ihm wahrheitsgemäß, mich noch nie in meinem Leben in so einer Extrem-Situation befunden zu haben, deshalb keinerlei Erfahrungswerte abrufen könne und ihm daher auch nicht aufzeichnen könne, wie ich mich dabei fühlen würde und dass es wohl auf einen Versuch ankommen würde. Wiederum starren wir uns an. Nach einer kurzen Nachdenkpause erkläre ich ihm, dass es wohl für uns beide besser wäre, wenn er es nicht versuchen würde. Ein leises Lächeln huscht über sein Gesicht.
Er vermeint, einen Anflug von Aggressivität in mir gefunden zu haben. Der Tag ist gerettet.

Gitarre und Emotionen

Einmal pro Woche sitzen wir abends im Aufenthaltsraum zusammen, feiern aufgrund des Patientenwechsels Abschied von den Geheilten, essen Chips, Popcorn und Schokobananen, und gönnen uns dazu die eine oder andere Flasche Cola, Fanta oder gespritzten Apfelsaft. Dazu spiele ich Gitarre und singe meine schönsten Lieder.

Meine Gitarre war in diesen schwierigen Zeiten - neben meinen beiden großartigen Töchtern - der wichtigste Halt in meinem Leben. Ich habe das Glück, Empfindungen gut in gereimte Worte fassen und auch mit einer adäquaten Melodie hinterlegen zu können. Also schrieb und sang ich Lieder, in denen ich meinen Gefühlen und meinen Empfindungen Ausdruck verleihen konnte. Ich schrieb und sang mir quasi den Frust von der Seele. Auf diese Weise entstand so manches zu tiefst emotionale Lied.

Es ist immer wieder eine eigenartige, gemütliche aber auch besinnliche Stimmung, wenn wir dann bei unseren kleinen Abschiedsfeiern zusammensitzen. Wehmut und Zuversicht mischt sich mit Abschiedsschmerz und Aufbruchsstimmung. Manche Träne wird vergossen und die obligatorischen Umarmungen geraten intensiver als an den üblichen Therapietagen. Zu meinen Liedern wird je nach Textsicherheit mitgesungen oder irgendwie mitgesummt, und so manches Auge leuchtet selig.

Doch letztes Mal wurde ich am Tag danach zu einer außerplanmäßigen Besprechung mit meiner mir zugewiesenen Bezugspsychologin gerufen. Meine Bezugspsychologin war ein relativ junges, in allen Belangen unverbraucht wirkendes, offensichtlich gerade dem Studium entwachsenes, hübsches Mädchen. Sie wirkte an diesem Tag noch etwas nervöser als sonst. Sie hatte mir etwas mitzuteilen. Nach ihren Worten hatte ihr „Kollegium" beschlossen, mir das Gitarrespielen und Singen zu verbieten, nachdem ihrer Meinung nach Gefahr drohen würde, dass mein Spiel bei einigen Patientinnen eine unangebrachte, dem Therapieerfolg abträgliche, besondere Sympathie mir gegenüber schüren könnte. Namentlich drohe akut die größte Gefahr bei Silvia, der Freundlichen mit den langen, blonden Haaren. (Möglicherweise hatten sie diesbezüglich eine hellseherische Eingabe via Lautsprecher). Meine kleine Therapeutin betonte mehrmals, dass ihr persönlich meine Lieder und mein Spiel ausgezeichnet gefallen würden, aber dass das Kollegium nun mal so entschieden habe und eben sie damit beauftragt hätte, mir das mitzuteilen. Dabei blickte sie verschämt zu Boden und errötete leicht. Ich beruhigte sie, versicherte ihr, dass mich das nicht sonderlich kränken würde, und zeigte ihr, wo man meine Lieder auf YouTube finden kann. Das half ihr etwas. Mir war bei den vergangenen Terminen schon aufgefallen, dass sie für meinen Geschmack etwas zu sehr fasziniert zuhörte, wenn ich aus meinem Leben erzählte. Ich denke, sie hegt mir gegenüber möglicherweise eine unangebrachte, dem Therapieerfolg abträgliche, besondere Sympathie. Nun ja, sie ist nicht mein Typ. Sie ist noch jung und muss ihre persönlichen Erlebnisse und Enttäuschungen wie jeder Mensch selbst erfahren. Ich denke, sie wird ihren Weg machen.

Wochenend-Rückblick

Am Wochenende haben wir therapeutischen Ausgang, um die in den diversen Therapien angelernten Fähigkeiten im gewohnten Umfeld anzuwenden und umzusetzen. Das heißt, dass wir am Samstag nach Einnahme des Frühstücks die Klinik bis zum Sonntagabend verlassen dürfen. Als entsprechende Unterstützung legen wir am Freitag gemeinsam Ziele fest, die wir im Rahmen unseres therapeutischen Ausgangs nach Möglichkeit erreichen sollen. Am Montag darauf versammeln wir uns zu einem gemeinsamen Rückblick.

Karin wollte am Wochenende endlich die Kraft finden, ihre Wäsche zu bügeln.
Leider konnte sie auch diesmal die Kraft nicht finden. Sie wird es nächste Woche wieder versuchen.
Bibiane wollte die Kraft finden, am Sonntag einen Vormittags-Spaziergang zu unternehmen.
Leider machte ihr am Samstagabend der Wetterbericht einen Strich durch die Rechnung. Zwar wäre es dann am Sonntag entgegen des Wetterberichts trotzdem schön gewesen, aber sie wollte nicht noch einmal umdisponieren. So flexibel sei sie einfach noch nicht.
Senad wollte am Wochenende nach langer Zeit endlich wieder einmal mit seinem Sohn Fußball spielen.

Er konnte glaubhaft versichern, dass er sein Ziel voll und ganz erreicht habe. Sein geschwollener linker Knöchel und sein humpelnder Gang waren darüber hinaus eindeutige Indizien. Wir zollen ihm applaudierend Respekt.
Elke wollte endlich die Kraft aufbringen, ihrem Mann entschieden entgegenzutreten, falls er sie wieder mit Schimpfwörtern demütigen sollte.
Leider war es sich dieses Wochenende aus zeitlichen Gründen nicht ausgegangen. Da ihr Gatte am Samstag, als sie nach Hause gekommen war, schon beim Frühschoppen war, und erst irgendwann gegen Sonntag Früh heimgetorkelt kam, und er nach solchen Nächten immer ein wenig unleidlich sei, wenn man ihn wecken würde, sei wenig Gelegenheit für ein Gespräch gewesen. Als es nachmittags dann langsam Zeit wurde, wieder in die Klinik einzurücken, hätte sie ihn kurz geweckt, um ihm Bescheid zu geben. Er habe dabei gesagt, sie sei eine blöde Sau und solle sich schleichen. Aber wie gesagt, war sie schon in Eile und ihr blieb daher keine Zeit mehr, ihm entschieden entgegenzutreten.
Meine Ziele waren nicht so ehrgeizig. Ich wollte das Ganze einfach mal auf mich zukommen lassen.
Und es kam auf mich zu. Ich hatte damit mein - zugegebenermaßen bescheidenes - Ziel erreicht.
Über Details will ich mich in diesem Rahmen nicht weiter auslassen, aber das ist ja auch nicht Thema des Rückblicks.

Geheimnis Gehirn

Während eines längeren Aufenthalts in einem betreuten Narrenhaus entkommt man letztendlich aufgrund des Kontakts mit Ärzten, Therapeuten und Mit-Patienten kaum einer gewissen Gehirnmanipulation. Man lernt, seinen Gehirnwindungen erstaunliche Fähigkeiten zu entlocken, aber auch die einfachsten Automatismen zum Zusammenbruch zu bringen. Ich hätte es niemals für möglich gehalten, dass einfache, unbewusste Gedankengänge ins Gegenteil gekehrt werden können. Ich weiß zum Beispiel nicht, was es ausgelöst hat, es war einfach plötzlich da und hat mich wochenlang begleitet. Ich konnte plötzlich keine Tür mehr richtig öffnen. Ich habe es jedes Mal zuerst falsch probiert. Jedes Mal! Sogar wenn auf der Tür „Drücken" stand, habe ich zuerst gezogen. Das menschliche Gehirn ist offenbar unglaublich leicht zu manipulieren.

Besonders überrascht war ich von manchen in mir schlummernden Fähigkeiten, die man im normalen Leben weder wahrnimmt, noch für möglich hält. Das prägendste Erlebnis hatte ich bei einem Gespräch mit meiner mir zugeteilten Bezugsschwester (nicht zu verwechseln mit meiner mir zugeteilten Bezugstherapeutin). Sie sah mir einfach tief in die Augen und sagt mir, ich solle das rohe Ei, welches sie auf den Tisch gelegt hatte, auf der spiegelglatten Tischfläche aufstellen. Ich erklärte ihr, dass das wohl nicht möglich sein werde, ohne es zu zerbrechen.

Sie hat mir gesagt, ich solle mir keine Gedanken darüber machen, ob es möglich ist oder nicht, sondern solle es einfach aufstellen. Ich habe es einfach aufgestellt.
Am Wochenende, es war Ostern, war ich bei meinen Eltern zum Essen eingeladen. Es war ein Riesenspaß, überall die Ostereier aufzustellen. Leider schaffte es außer mir niemand. Schon gar nicht meine Mutter. Sie weiß eben nur zu genau, dass so ein Blödsinn nicht möglich ist, sondern nur irgendein Trick dahintersteckt. Meine Mutter ist eine pflichtbewusste Frau, die gerne allen alles recht macht, keine Fehler und nichts kaputt machen will, weil schade drum wäre. Eines von den Eiern hatte ich auf der Arbeitsplatte in der Küche aufgestellt. Da stand es nun schon seit Stunden unbeeindruckt von Zugluft oder Erschütterungen bombenfest herum. Als sich meine Mutter dann in der Küche zwecks Kaffee und Kuchen geschäftig machte, konnte ich aus dem Augenwinkel sehen, wie sie versehentlich mit einem Kuchenteller das Ei umstieß. Blitzschnell und pflichtbewusst schnappte sie das Ei und stellte es wieder hin. Sie wollte mir nichts kaputt machen. Ich habe sie nicht verraten. Das menschliche Gehirn ist ein unglaubliches Mysterium.

Resümee

Zuletzt möchte ich nicht vergessen, darauf hinzuweisen, dass der Aufenthalt in diesem Narrenhaus, trotz rückblinkendem Augenzwinkern, die wohl schrecklichste Zeit meines Lebens war. Sich plötzlich, mitten aus dem Leben gerissen, als Trottel unter Trotteln, wie ich es empfunden habe, wiederzufinden, ist eine grausame Erfahrung. Menschen mit einem Burnout in so eine Klinik zu stecken, ist wohl das Kontraproduktivste, was man anbieten kann. Mein Zustand hat sich während dieses Aufenthalts erschreckend verschlechtert. Ich kam mir zeitweise vor wie seinerzeit beim Bundesheer, wo ja auch immer der Ranghöhere Recht hat, und sei er einem intellektuell noch so unterlegen. Psychotherapeuten, die bei Diskussionen das Handtuch werfen, sobald man die vorgegebenen Lehrbuchthesen nur ansatzweise verlässt, geben einem das Gefühl von Sinn- und Aussichtslosigkeit. Ich denke, dass diese Erfahrungen und einige weitere Ungeheuerlichkeiten, die einem anstelle von Hilfe entgegengebracht werden, erfolgreich verhindern können, dass man als Burnout-Patient wieder „geheilt" ins Leben zurück findet. Die permanente, nicht enden wollende Konfrontation mit Ärzten, Therapeuten, aber vor allem auch Ämtern, Behörden und Gesundheitsstellen ist eine ungeheure Belastung, der man gerade im ohnehin angeschlagenen Zustand nicht gewachsen sein kann.

Das schlechte Gewissen gegenüber der Gesellschaft, das ständig von inkompetenten Angestellten und Beamten diverser Stellen geschürt und genährt wird, weil man keine „sichtbare Krankheit", wie beispielsweise einen Beinbruch hat, und trotzdem noch immer nicht arbeiten geht, wird irgendwann ein täglicher Begleiter. Die Bringschuld, seine Krankheit auch noch ständig belegen und nachweisen zu müssen, ist zutiefst erniedrigend. Meiner bescheidenen Meinung ist die hohe Rückfallquote kein Zufall.

Letztlich ist wohl das einzig Positive, das ich von diesem Aufenthalt im Narrenhaus mitgenommen habe, Silvia, jene attraktive Blondine, welche mich am ersten Tag so freundlich begrüßt hatte und die seit dieser Zeit meine Lebensgefährtin ist.

Herstellung und Verlag:
BoD - Books on Demand, Norderstedt
ISBN 978-3-7431-8129-8